비상

飛翔

김응혁 金膺赫 아호 지산(芝山)

전북 완주 삼례에서 태어났다. 전주 신동아학원, 익산 남성학원 등에서 후학을 지도하였다. 시집으로 『빈들』 『덩어리 웃음』 『비상』, 산문집으로 『저 아침의 소리는』 『풍탁소리 들으러 왔다가』, 편저로 『통천김씨가족사(通川金氏家族史)』 『통천김씨천년사(通川金氏千年史)』 『부도(婦道)를 잇는 가문(家門)의 여인들』 등이 있다. 현재 통천김씨종친회장으로 종회 일을 보면서 글을 쓰고 있다.

비상 飛翔

초판 1쇄 인쇄 · 2022년 2월 5일
초판 1쇄 발행 · 2022년 2월 15일

지은이 · 김응혁
펴낸이 · 한봉숙
펴낸곳 · 푸른사상사

주간 · 맹문재 | 편집 · 지순이 | 교정 · 김수란, 노현정 | 마케팅 · 한정규
등록 · 1999년 7월 8일 제2-2876호
주소 · 경기도 파주시 회동길 337-16
대표전화 · 031) 955-9111~2 | 팩시밀리 · 031) 955-9114
이메일 · prun21c@hanmail.net
홈페이지 · http://www.prun21c.com

ⓒ 김응혁, 2022

ISBN 979-11-308-1891-7   03810
값 15,000원

비상
飛翔

김응혁 시선집

새순은 언제나 새롭다. 새싹은 이음의 질서요 희망이다, 아래로만 흐르는 물의 본새처럼. 오늘 우리가 사는 이 세상은 하루가 다르게 변하고 있다. 이런 세상에 어떻게 대처하며 사는 게 옳은 일인가를 두리번거리게 된다.

그동안 발표한 작품집에서 추리고 최근에 쓴 것을 모아 한눈으로 일별할 수 있도록 엮었다. 엮고 보니 눈을 밝혀 표현하려 했던 삶의 질곡, 씨족의 내력, 지역사, 자연의 풍광 등을 응축하여 승화하지 못한 아쉬움이 남는다.

다락논을 갈다가 소를 몰고 가는 농부의 워낭 소리를 듣는다. 먹이를 삼키지 못하고 먼 창공을 날아와 토악질을 하는 어미새의 본질을 생각한다. 상여(喪輿)가 지나는 길에 펄럭이던 만장(輓章)의 훈기를 그린다.

일제강점기에 시골 선비의 아내로 일곱이나 되는 아들을 먹여살리기 위해 눈까지 멀었던 우리 할매, 이 자식 저 자식 등에 업혀 요강 단지를 들고 끌려다니면서도 끄먹끄먹 인자함을 잃지 않으셨던 할머니, 그리고 7형제 장남으로 어린 동생들을 위해 피를 말렸던 아버지의 얼룩진 삶, 만장이 지나간 자리에서 유품(遺品) 태웠던 아픔을 잊어본 일이 없다.

명절날 아들 딸 가족들이 거실에서 함께 뒤엉켜 잠이 든 양을 보고 싹수 있게 자리 잡는 손주들의 치다꺼리로 애를 태웠을 혈족의 일념을 생각한다. 씨족의 유적 복원과 씨족 사 정리에 힘을 모아주신 일가분들, 여러 곳에서 활발하게 활동하고 있는 제자들, 그리고 함께 어울려 살았던 이웃분 들에게 감사한다.

역사적 시련으로 오늘날 소족으로 남은 현실에서 일념으로 복원한 유지(遺址) 관리와 씨족사 정리에 후손들이 합심하기를 기대한다. 엄벙덤벙 먼 길을 돌아온 오늘, 뒤돌아보지 않고 편안히 청명동 선산에 갈 수 있기를 희망한다.

그간 간간이 써놓은 것을 옹알이의 습성처럼 되뇌어본다. 생활의 하수와 치사한 인정을 가린 운해(雲海)가 한결 아름답게 보인다.

2022년 1월
청명(淸明) 제명제(齊明齋)에서
김응혁

| 차례 |

| 차례 |

제1부

백일홍

목줄

텃밭 한쪽 잡풀 속에
함부로 내다 버린 목줄
가랑가랑 삭는다
식욕을 채우기 위해
줄줄이 묶여 실려 갈 때
오줌 지리며 쏟던 생채기
윤리 강령으로 받은 영혼들
강제 통치의 긴 하루
구천에 떴다
묶인 고삐 맺힌 설욕 털려
무단횡단했던
서슬 퍼런 핏자국
그 핏기 속에 엉킨 원혼들
이젠 묵념으로
긴 바지랑대에 걸린다

소

달구지가 걸어간다
워낭 소리 딸랑거리며
멍에 진 먼 길을
덜컹덜컹 오르고 있다
저녁노을 벌겋게 물드는 꼬부랑길
올망졸망한 어린것들의
허기진 배를 거머쥔 영세 가장들이
금융 위기의 터널을 헤치고 있다
아무리 가도
아무리 올라도
그저 팍팍하기만 한 세상살이
헤쳐나가기 어려운
가시밭 이 길을
어깨 처진 가장들이
쩔뚝쩔뚝
어금니를 깨물고 간다

노숙자

얼마나 어려우면 이렇게 부려졌을까
시커멓게 타버린 몸
얼굴도 터지고, 손도 터지고
마음도 터졌다
쓰레기 종량제를 지키지 않은 탓일까
옛날 각설이는
마당에서 환영을 받는데
오늘의 노숙자는
지하철 드날목에서 툭툭 채이기만 한다
마음만 단단히 먹었으면
이렇게까지는 되지 않았을 터인데
누구나 이 땅에서
마음 편하게 살 수 있는
그런 세상이 어서 오기를
간절히 기대해보면서
버려진 인품
노숙자를 바라본다

흙질

입망을 쓴 늙은 황소가
푹푹 갈고 간
맨흙 바닥에 씨를 내린다

먹고살기 위해
대처로 떠나간
삿갓배미 텅 빈 자리에
쓸쓸히 기약(期約)을 묻는다

저녁노을
버얼겋게 타는 산골
조상 대대로 피땀 흘려 일궈낸
수십 계단의 터전이 묵어가는
썰렁한 다랑이 논밭

목숨을 이어온 젖줄이 도랑이 되는 마당에
등골 쑤시게 흙질을 한다
아까운 땅, 뭔가를 건져보겠다고

막연히

갈아보는 것

어느새 썩배기* 깔린 땅에

노오란 새순이

듬성듬성 고개를 드민다

* 썩배기 : 썩은 나무의 그루터기.

떠돌이 개

떠돌이 개가 두리번두리번
도시 한길을 걸어 나간다
하얀 개털 날리며 까칠한 개
빌딩 숲 한길을
어슬렁어슬렁 걸어 나간다

눅눅하게 침을 흘리며
무단횡단을 하는데
수 종의 차들이 찍찍, 급정거하면서
엉키고 또 엉킨다

미친개 떴다 미친개 떴다 하고
퍼렇게 울부짖던 하얀 목청들
힐끗힐끗 뒤를 보며
땅깔로 죽어라 도망쳐야 했던 들녘

쇠스랑으로 냅다 후려갈기면
퍽 하고 쓰러지면서

깨갱 하고 까무러쳤던 우리들의 개

해가 뉘엿뉘엿 넘어가는
현란한 도시 한길을
떠돌이 개가
어슬렁어슬렁 걸어 나간다

고집

살강에 얹어놓은 책 고리짝
햇볕에 말린다
뜨거운 빛살 받으며
좀 슨 고집 툭툭 튀어나온다

아무리 먹을 것 없다 해도
예의는 어떻고
학문은 어떻고
행세는 어떻고 하시며
조금도 굴하지 않게 사셨던 당신들

치마폭 속으로
가난 나르시며
목구멍에 풀칠을 해야 했던
귀머거리 천 년의 눈먼 부덕들

자나 깨나 눈물 훔치고 살아야 할 이 시대
기러기 선남선녀들

총총히 박힌

필사(筆寫)의 눈

엉겅퀴 뿌리

점점 굳어간다

허수아비

희끗희끗 비닐제 잠방이
누가 공갈로
걸어놓았나

그저 키만
큰
저 아저씨

농약 먹은 허수아비
누가 공갈로
흔들흔들
걸어놓았나

깡통 같은 세월의 모진 시련 속에서
누구를 속이려
저렇게
걸어놓았나

까치밥

파아란 하늘에 대롱대롱
매달린
무득(無得)의 몸짓

아무리 헐벗었어도
아무리 먹을 게 없어 소나무 껍질까지
벗겨 먹던 시절에도
앙상한 공간에 남겨두었던 공존의 사랑

하얀 무명 저고리
장대를 든 핫바지, 색색의 날개가
눈 밖 마루에서
고층의 바람을 쫓고 있다

푸드득
푸드득
참말을 하면서
까악까악
하늘을 가른다

백일홍

퍼어렇게 물오른 숨결의
울 밑에서
망울망울
편린(片鱗)의 덩어리가 휘어진다

트임의 원질
발화의 점을 붙였다
깨금깨금
시들어버리는 욕망의 허상

왜 자꾸
뜨거운 순정의
혼을 흔들어대는가

이승은 한없이 질척이는데
한 서린 삶의
영을 넘는

저승의 길에

흐륵 흐르륵

부챗살 드리우며

영면(永眠)의 눈짓만 흩이고 섰나

고인돌

고임돌 위에 평평히 쌓인
염원의 무게
억만 시간의 간절함이
하나 되어
오롯이 시공(時空)의 햇살로 내린다

청동기 시대의 선사 유적
세계 거석 문화의
골격(骨格)이
원형의 덮개를 이고 있다

지린내 나는 원시 시대에
힘을 합해 바위를 잘라 돌방을 만들고
영생의 제단을 쌓았다는
그 원심의 축조

집보다 방이 더 시급한
문명의 이 시기에

강화, 고창, 화순 등지에
지린 꽃 피었다

흙 갈아 덮친
기슭에
자존의 눈길 머문다

숨

꽃술 번 부평초
아무 데나 입 벌리다
품속에 꼭 안겨
정분 삭혔다

내내 캄캄 숨어
숨 고르다
인자(因子)로
속 앓더니만

계명산천(鷄鳴山川) 한 세상에
확 내미는 숨

해, 벌벌
말문 터진다

씨눈

흐드러지게 향을 푼 꽃술 위에 벌들이 윙윙거린다
안개 낀 숲속 공중의 둥지 안에 알들이 들썩거린다
암컷 따라 도둑 번식을 한 연어 벌떡 드러눕는다

한물

흙탕물이 벙벙 소용돌이친다
강둑이 터져
온 세상 물난리가 났다

어느 고을을 쓸어 왔는지
온갖 하수 다 떠 가고
발을 헛디딘 사람
소, 돼지, 닭 같은 가축
플라스틱, 나일론 같은 문명의 잔해 흘러 내려간다

쪽방에 얹혀살다
쫓겨난 원혼
둥둥 똬리 친다

억울한 사람 위해
목숨 바친 의혼
의연히 솟아오른다

어느 만큼의 위치에서

퇴적으로 쌓여

진물로 남을지 알지를 못하면서

한물은 그냥

벙벙 밀려 내려간다

꼬실럿부러

징글징글하게 버텨온 날들
다 꼬실러버려
냅사둬도 멍든 핏줄
낙진(落塵)의 붓다리 죄 꺼내
꼬실럿부러

6 · 25 때 홀로 내려와
포로수용소에서 3년 썩고
군대 가 3년을 더 썩은 다음

먹고살기 위해
땅 파기 60년
얼굴에 자글자글 햇볕 깔리고
등골 어질, 골 나갈 시간

아무리 꼬실르고 또 꼬실러도
지울 수가 없는 피멍
동족상잔의 그 철망, 산화되어 하늘 되듯이

깨까시 깨까시
꼬실럿부러

훨훨 타게
다 타 없어져버리게
꼬실럿부러 꼬실럿부러

불꽃

불꽃이 튄다
삶의 진한 불꽃들이
활활 솟아오른다
검은 연기 내면서
한없이 부서지는 영욕(榮辱)의 불터

이렇게 타다 보면
불꽃만 남아
한 줌 재가 되는 것을

덧없는 영욕의 고통
살아 있는 진물들이
피나게 탄다

언젠가 안개를 타고
오르던 비사(飛蛇)도
한낱 먼지가 되리라던 것처럼

폭삭폭삭

가라앉는다

재

철쭉꽃 울음이 재가 되네요
마지막 숨을 거두면서
우리 새끼 얼굴 한 번만 보고 죽는다면
소원이 없겠다던
피맺힌 절규도 한낱 재로 변했네요

하이얀 설원(雪原)
생피가 흐르던 관통의 아픔도
넋 잃은 사람처럼 맨바닥에서
통곡을 했던 설움도
폭삭 갈앉아버렸네요

강대국끼리 대결을 했던 시절
외세에 밀려 으르렁대던
맹목의 칼날도
한 줌의 재가 되었네요

통한의 휴전선 철망을 박차듯

어디선가 날아온

이름 모를 철새는

끼룩끼룩 분단의 하늘을

쪼개진 가슴을

찍찍

가르고 가네요

가을 눈빛

통골통골하게 약이 찼다

산월 찬 아랫배

스르르 결 인다

지난여름 그렇게 애타게 작열을 하더니만

어느 사이

노오랑 금물결 고개 숙이고

한 알 한 알

속 터는구나

이 세상 다 틔우는

능험(能險)한 빛

쪼롱 통을 깬다

콩타작

멍석 깔고 부지깽이로
콩대를 패대던
할머니는 먼 데로 가시고

마른 육신 내리쳤던
가을 사내들은
서울로 줄행랑을 쳤다

청정 하늘에 순살 영글어
알몸 쏙쏙 빠지던
가을 알통은

까만 비닐 껍질이
간지럽게
나불대고 있다

낯선 사람들이 사투리 땅에
신품종 심고

강제징용처럼 알곡을

탈탈 털어 갔는데

대형 탈곡기가 깔고 간

맨바닥은

가난이 드글 내려앉는다

적송(赤松)

부챗살 펼친 현덕(顯德)의 기상

짠바람 세차게 불어쌓는

날 끝에서

귀공(貴公)의 살갗 드러낸다

앉을 자리를 가려

참을 줄 아는 느긋함

얼마나 넉넉한가

적당히 굽힐 줄 알고

청청함을 거느릴 줄 아는

그런 속마음

얼마나 아름다운가

비가 오나 눈이 오나

한결같은 속내

아무리 큰 바람 불고

세상 변한다 해도

그저 꿋꿋이

한마음 지킨다

능선

멀리 드러나는 산자락
자진모리로 다가온다

울퉁불퉁 치솟은 아늑한 선형
한없이 꿈틀거리고

첩첩 포갠 득음의 눈썹
심향에 젖는다

오랜 세월
밤낮 가르며 부침해온
준험한 영봉

백두대간의 정기로
정령 내린 시절
그리듯

고즈넉하게 운해(雲海) 가르며
유유히 하늘 닿게
가슴 타 있다

하늘 가르고 갑니다

파란 하늘에
선 긋고 갑니다

길 없는 공간에
패 갈라 갑니다

짙푸른 능선에
티 되어 갑니다

노을 진 빛 따라
원 되어 갑니다

울력

허한 것 쌓이면
허공 되고

습한 것 모이면
구름 되는 것

이 세상 모든 것 어디서부터
하나라 일컬을 수 있는가

소용돌이친다
이 세상 모든 것

하나가 되기 위해
똬리 틀며
울력을 친다

물소리

억겁을 풀어내는
저 소리
육신 조이며 타는
저 시늉

어느 쯤의 공간에서
멈출지를 모르면서
사방으로 뒤엉키는
써늘한 시음(試音)

어떤 물살 그리려
쏴아 싸
결을 내는가

하얀 거품
풀어올리는
엄청난
계율(戒律)

흐린 것 거르기 위해

또록또록

순결을 튕겨내는가

제2부   당신 꽃

백련(白蓮)

짙푸른 바탕에
쌩긋 벌린 무량한 색
겹으로 난다

티 한 점 범접 못 할
천의(天衣)의 결
백천(白天)에 닿아

방심하면
흠날까
오롯 눈 뜨고
환생의 빛 가눈다

백목련

하얗게
그리움이
걸려 있다

버얼겋게 타오르는
어린 시절
들판에 핀 목화(木花)밭 사이로
화알짝 웃어쌓는 누님

흰옷 입은 누님들이
뒤돌아
웃어대고 있다

눈이 펑펑 쏟아지는 날
방금 퍼 온 동치미 국물처럼 그렇게
시근시근 와닿는다

봄눈 녹아 흐르는 숲가에

푸덕 푸덕

숨 고르는 소리

그는 늘

애타게

순정만 지키고 서 있다

새

그리움이 속것처럼
활활
타고 있는
내장산
산길을 따라

그는
한없이
날아갔을까

울긋불긋
향낭을 긋는
그리움의 소릿길에서

그는
느을

뜨겁게만

뜨겁게만

타고 있는

것일까

꽃신

대리석 현관에
꽃신 한 켤레 놓였습니다
꽃무늬 콧날에
돌아설 듯 다가서는 순연한 눈매

평생 한 번 꼭 돌아볼 여인
어느 날 갑자기 골목길에 나타났다
노을 타고 갈 여인

달무리 허옇게 머금을 적
치마폭 늘이고 사뿐사뿐 내려올 새
그 꽃신이, 그 색동이
오늘 마중처럼 내려왔습니다

오색 설빔을 입고
열여섯 꽃처럼
낯을 붉힙니다

나란히 선학처럼

하늘하늘

산길을 탑니다

꽃씨

꽃씨가 날린다
사방으로 유전(流箭)이 날린다
들것을 보듬는 하얀 꼭지

산통은 하늘에 닿았건만
늘 날리는 뜻을
잃지 않는 몽상들이
사뿐사뿐 내려앉는다

시멘트 바닥에
말려 죽을지언정
흐늘흐늘
흩날린다

외로운 씨받이
속성의
속창처럼

외곬 입 벌리고

후룩후룩

입술을 떤다

당신 꽃

이른 봄 밭머리에
하얀 옷고름 매만지며 웃음 띠던
당신 꽃

집안일 다 떠맡고 만날
발 동당거리며 구정물 헹구던
당신 꽃

꽃손자 둘러업고
아장아장 까치발 띄우던 함박 같은
당신 꽃

하루도 빠지지 않고
이른 새벽, 이슬길 밟던
당신 꽃

함박눈 흐르륵 쏟아지던 날
옹달샘 맨바닥에
보콜보콜하게 핀
당신의 하얀 꽃을 보았습니다

어머니

한겨울 아랫목

뜨끈뜨끈하게 달아오른

방바닥에

아랫다리를 담가놓고

도란도란 사랑을 들려주시던 어머니

하늘처럼, 수심처럼

그저 깊어만 가는 마음

아무리 세월이 가고, 시대가 바뀐다 해도

도저히 바꿀 수가 없는 말

어머니,

어머니는

이 세상에서 가장 큰 사랑입니다.

통마늘 할머니

새끼들의 일손을 도와주기 위해
통마늘 할머니는 한증막 같은
비닐하우스 흙바닥에 앉아
작물의 씨받이를 거들고 있다
무거운 몸을 이끌고 날이 새기 바쁘게
열탕 같은 비닐하우스 흙탕에서
줄곧 삶을 이어온 까닭에
하우스병에 걸렸다

허리가 굽고
어깨가 한쪽으로 축 처진
썰렁한 껍질

환장하게 뜨거운 비닐하우스 안에서
거슬러 익은 열매를 따면서
통마늘 할머니는 당당하게 마칠 준비를 한다
먼 하늘 파란 곳에 몽실몽실 뭉게구름 피어오르는데

오늘도 통마늘 할머니는

남대천에 오른 연어처럼

새끼 키우기 위해 제 발 뜯어 먹는

주꾸미의 열망처럼

당당히 남을 준비를 한다

간장 항아리

주상복합아파트 발코니에서
뚜껑 깨진 간장 항아리 하나를 본다
식솔들의 입맛을 맞추기 위해
먼 곳으로부터
정성껏 실려왔을 간장 항아리

소금 녹인 물 별빛으로 녹는
정을 삭힌 숯맛
관절염으로 눈이 퉁퉁 부으신 우리 어머니

후손들의 먹거리만을 챙기기 위해
핏물 쏟아부으셨던
우리 어머니

그 어머니가 발코니 하수구 옆에서
뚜껑 깨진 빈 껍질로
먼 하늘을 바라보고 있다

간장 항아리에 둥둥 떠 있는

빨간 고추 덩어리처럼

하늘이 절어

가라앉는다

요강

허구한 날
기침을 받아냈다

어느새
허리가 작신 휘어버린
우리 할머니

이 자식 저 자식 등에 업혀
끌려다닐 때
숙명같이 받아냈던 요강

요강 같은 세월이 쌓이어
오늘을 이룩하였거니
진물이 썩어서, 요강 같은 아픔이 썩어서
새로운 싹이 돋아났거니

굴뚝

스레트 지붕 난간에
가난뱅이처럼 매달린
연탄 굴뚝 속에서
온기가 스멀스멀 피어오른다
흙바람 매서운 한겨울
세상은 꽁꽁 얼어 있는데
뜨끈한 정 모락모락 솟아오른다
굴뚝새 푸드득 날아간
먼 하늘
꼬까신 신고 올봄의
허리띠 매만지며
가느다란 소망의
불씨가 날린다

빈 항아리

어디선가 빈 공기 튕기는
소리가 난다
그 속에는 언제나
컬컬한 숨결이 묻어 있는가

어느 사이 부글부글 끓는
종부(宗婦)의 손맛
얼마나 많은 저림이
묻어 있을까

담겨 있어라
진맛 나도록 열려 있어라
좋은 것이든, 싫은 것이든
그저 받아들이기만 하라

기다림 발효되고
육신 절어
소금 되도록 삭혀라

닥닥 긁어 간

헛것, 씽씽

어지럼 탄다

기러기

목이 쉰 영혼의 역사

식탁을 찢긴
상처를 불태우며
덧없이 흘러간 북향 길에 노을이 섰나

어딘지 남쪽을 가고 싶어
소요한 세월은
어둠의 단애를 접고

가로막힌 나의 전선
달빛을 지나며
찬 서리에 꽃 피우는
밤의 은계(銀界) 넘으며

조용히 이슬 맺힌 영혼의
좌상(坐像)을 기다리는
꿈을 교통하며

오늘도 하늘에 떴나

매미의 목청

누렇게 알차는 한낮
덜 익은 햇살 사이로
쓰르 쓰르르르 퍼지는 목청

끊겼다 이었다
간장 타는
이명(耳鳴) 소리

타고난 소리꾼의
타성을 벗기 위해
악을 쓰는지

허물 벗어
못다 한 사랑 이루려는지
계속 목청 돋우고

그을린 터의 원혼(冤魂)처럼
흐르륵 흐르륵
핏기를 걸러내고 있다

하늘

저 황량한
마당귀
얼마나 가슴 치며
긴 세월을 살아왔을까

너무도 맑아서
너무도 청순해서
순연(純然)의 생즙을 낼까

하나씩 둘씩
가만히
가라앉는 마음

우리도 저렇듯 정직한 삶의
포용(包容)은
누릴 수가 있을까

어디서
들깨가
한 알
투욱 터진다

박꽃 같던 누나

일제 강점기
종군위안부로 끌려가
무참하게 짓밟혔을 누나

이대로 보낼 수 없습니다
6 · 25 사변 때, 살 길이 막혀
매춘으로 끼니를 때워야 했을 누나

배가 고파 서울로 서울로
품팔이하다가 공산당으로 몰려
몰매를 맞아야 했을 누나

유신 시대 인권을 외치다
캄캄한 밀실로 끌려가
무수히 짓밟혔을 누나

은빛 얼굴에 나잇살 잡히고

가슴에 맺힌 서리

하늘에 닿았건만

어디 한 곳, 눈 돌릴 데가 없습니다

그래도 늘 박꽃같이

살아 있을 누나

이대로 보낼 수 없습니다

억장이 막혀

도저히 보낼 수가 없습니다

가을 만장(輓章)

저 황란(黃卵)의
가을

어디서 진하게
D.D.T 뿌리는
살균의 냄새가 난다

한 손은 꺾이고
은지처럼 선회하는 계절의
껍질 끝에선
하얗히 흩어져 달아나는
가을 만장들

이 가을
소악장의 곡소리 다 풀리면
또, 가을 하관의 통곡 소리
들리려니

가을이여

빛바랜 힘의 전력을

다 함께 덮어주소서

내림보

비 갠 뒤 현관 앞에서
네 발 달린 놈이 흙을 부빈다
회양목 실뿌리 뜯으며
엎어졌다 뒤집어졌다 지랄을 한다

수만 리 날아온 철새
속창 붉게 물든 숲속에서
악을 쓴다
바다 깊은 곳에선
핏기 잇기 위해 제 발을 뜯어 먹는다

무슨 짓일까
본태적 이음일까

새끼는 연방
입을 벌리고
어미는 이따금
토악질을 한다

이 내림의 원질

속 타 웅어리 된다

토종개

독신으로 내려온 종손집에
삼줄 쳤다
마루 밑 식구가
새끼를 배
신경 곤두섰다

직손인 양 꼬리 치고
컹컹 짖던 개
슬슬 도망친다
심상찮아
마루 밑바닥을 훑어보니
새끼를 낳는다

하도 민망하고 외경하여
가려놓았다
펼쳐보니
어미 눈 부었고

새끼는 간 데 없다

부정 탔을까
음지만실의 공알바위에 오줌 눴을까
여근석 부위에
음기 쨍쨍
내려붓는다

메별(袂別)

하늘이 무너졌다고
혈족들 호곡하는데
당신은 가만히 누워 계셨습니다

버겁게 지은 짐
다 내려놓으시고
묻은 티 버린 듯
당신은 반듯이 누워 계셨습니다

당신은 앉은 채 그대로 가신
큰 분도 아니요
그렇다고 널리 사랑을 베푼
아름다운 여인도 아닌데
어쩌면 그렇게 웃음꽃 곱게 다무시고
그대로 계셨는지 알 수가 없습니다

메별의 송음이
아프게 울려 나갔습니다

그런데 당신은
너무나 당연한 일을 마친 듯
편안히 누워 계셨습니다

그날, 들꽃 만발한 들녘엔
어린 것 둘러업고
꿈처럼 연기를 타는
여인 한 분이 계시었습니다

가을 한 잎

순 그늘 머무는 산자락
은물결 위에
가을 한 잎 또랑 내려간다

여름내 타던 작심
다 털고
앙상한 알몸을
까칠히 드러낸다

순명같이 내미는
고독한 시련
긴 기다림의
코로나 바이러스를 씻어내면서

알찬 가을 순결의
흰 포자가
또랑또랑
흘러내린다

씨앗 주머니

대청마루 상량문 아래
주렁주렁 매달린 씨앗 주머니
어금니 빼 지붕 위로 던지는 날
할머니 품에 안겨 별처럼 바라보았던
이빨 빠진 옥수수 씨알들

송곳니 으깨질 것 같던
단단한 목줄의 핏기
달무리 익어가던 눈빛이
하나로 모아지던 밤
바람이 엄청 불어
씨앗 주머니 흐늘흐늘 맞물렸다

썩은 대청마루
외줄 난간에
하얗게 밝은 할아버지의 가래
만날 밥 떠 넣어주시던
할머니 숟갈이
고롱고롱 매달린다

제3부

품

모악산(母岳山)

솥뚜껑 포개놓은 외고집
얼마나 모질게 마음먹었으면
저렇듯 우람히 솟았을까
서늘하게 내려앉는 능선 따라
천 년 다문 숱한 음속의 화음들
전주 제일의 모악으로
전주 제일의 성황으로
하늘 안고 별 안고 들녘 안은
우리 어머니 산
밖으로 자갈자갈 웃는 숲
안으로 지글지글 끓는 숨
어울려 나풀거리는 한마당
모악아, 거기 끌어 앉고 줄줄 쓰다듬고
샛별 보거라
땅 밑 켜켜이 박힌 근원의 실뿌리
모여 사는 뜻 있을 거니

내장산

눈을 맞으려, 마음을 맞으려
내장엘 간다

지난 세월, 과욕을 부렸던 마음
다 씻으려

신선봉
계곡을 간다

쏴아 쏴 흝는
산류(散流) 사이로

조금씩 고이는
산의 마음

이빨 시린 그 마음의
눈을 맞으려

내장산 혈관 속
산길을 간다

목천가도(木川街道)

하루면 수많은 방언(方言)들이
시원히 탈출하여
빠져나가는 곳

익산시 인화동 입구의
목천포 다리를 건너
신나게 생활을 빠져나가면

구정물처럼 덕지덕지
붙어 사는 인정과
미아 같은 나를 다시 만난다

만경강(萬頃江) 강둑을
죽어도 떠날 수가 없는 신음 소리가
질질 끌려서 떠나던 곳

바람은 쌓이고

먼지는 쌓이고

어느 사이 낯선 트럭의 물량(物量)은 쌓이어

여기 결별(訣別)처럼

흩어진 격한 물량들

횡횡 달아나고 있다

한내

밤샘서 발원한 물이
세심청류(洗心淸流)를 지나
소양천, 전주천이 합류하는 한내

가슴 트이게 하는
광활한 몸짓
우뚝 솟아오른 에코시티 쪽구름 아파트 숲 사이로
돌아돌아 흐르는 물이
생태(生態)의 길을 연다

은모래 바탕에 사뿐 내려앉던 비비낙안(飛飛落雁)의 승경,
생활의 하수가 질척이는 때꼬장을 씻고
여름내 억수로 뻗쳤던 음력(陰力)의 꽃술 위에
하얀 본능이 내려앉는다

순살 드러나게 뻗은, 자전거 길을 가로지르는
아치형 철다리에는
'케이티엑스'가 횡횡 달려나가고

고속도로 다리를 질러가는 온갖 차량 행렬들이
시간의 한계를 벗어나고 있다

찰랑찰랑 흡는 빛살 위
유랑하는 가창오리의 날갯짓을 보면
가슴 설렌다

옛날 고기를 낚아
고실고실 말렸던 지붕 끝, 옛 철다리에는
기러기 사뿐 내려앉던 음색이
쉰 시선을 모은다

아하, 날렵한
비비정 추녀 끝에 갈앉는 난간이여
유창히 흐를 만경낙조(萬頃落照)의 햇살이여
오늘도 장엄히 하루가 저문다

만경강(萬頃江)

전라도 산하를 질러 흐르는 강
계곡의 비경(秘境)을 훑고
싸목싸목 샛강 안아 한물 된
내림의 강
부딪치고, 엇갈릴 때
하얗게 울분을 터뜨리지만
모이면 하나 되어 끊이지 않을 만장의 물길
전라도 들녘의 젖줄로
새만금 역사의 원천으로
유장히 흐를 만경강
그대 가슴 되어
뜨겁게 가리
그대 맑은 모천(母川) 되어
면면히 흐르리

늪

물풀 사이로
퍼덕대는
잡놈의 숨결

다리 긴 놈이
퍼뜩 작은 것 하나
낚아채는 순간

가시연꽃
살폿 눈을 뜬다

녹색 융단 속
팔팔 뛰는
숨 살 터

인북선(仁北線)

추적추적 비 내리는

인북선

새로 뚫린 밤길을 터벅터벅 걸어 나간다

오색의 입간판

활활 질러놓은 불 속에서

이리 밀리고, 저리 밀리는

플라스틱 행적의

인간들아

돌아보면

얼마나 긴 세월을

허우적 허우적 살아왔던가

차가 지나간다

빠알간 불덩어리가

지나간다

어디서 와서

어디로 향하는

헌 기관지들일까

사뿐사뿐 삼례여

삼례 곰멀 탑정재 옛 찰방터에 오르면
멀리 모악산 자락이
아스라이 다가선다

해전, 어전, 후정, 삼례, 신금, 석전
와리, 수계의 그리운
마을 이름을 부르면
복강아지도 우르르 뛰쳐나왔던
단내의 삼례 땅

남안멀, 마천, 여시코빼기, 옻나무골
깡쇠가 끼룩끼룩 노루뜀을 뛰었던
삼례벌

벼 이삭 주렁주렁 여물 때면
하늘도
씽긋 웃는다

동학농민혁명의 횃불을 지폈던

신원(伸冤)의 삼례취회지(參禮聚會址)

자유와 민주와 민족을 위해 궐기를 하였던

농민들의 염원이 서린 곳

이리 가면 익산, 저리 가면 전주

그리 가면 금마, 고리 가면 고산

사통오달의 삼례, 딸기가 탱탱 익는

삼례로, 삼례로 사뿐사뿐 모인다

비비정(飛飛亭)＊

다시 세운 부연(府椽)

찌를 듯 솟았구나

멀리 고산, 소양, 전주 물이

합류하는 곳

옛부터 젓거리 돛단배가 머물며

창수(唱酬)가 끊이지 않았던 곳

그런데 전주팔경의 하나라던

비비낙안(飛飛落雁)의

옛 기러기는 다 어디 갔는가

장비(張飛), 악비(岳飛)의 기개를 펴고자

이 정자를 세웠다 하는데

주변에 살다가 멍이 든

상흔들만 여기저기 묻어 있구나

젖같이 흐르던 적수(適水)는 간 데 없고

폐수만 지릿지릿 흐르는구나

그래도 늘 올라보는 비비정

멀리 주엽정이 이도령이 내려갔을 외길을 연상하며

먼 시공을 바라본다

* 비비정(飛飛亭) : 전라북도 완주군 삼례읍 후정리 비비정 마을에 위치한 정자. 1573년에 최영길(崔永吉)이 창건하고, 1752년 전라도 관찰사 서명구(徐命九)에 의해 중건되었으나, 18세기 이후 철거되었다가 1998년 완주군에서 다시 복원하였다. 완산팔경(전주팔경) 중 비비낙안(飛飛落雁)으로 널리 알려져 있다.

찰방터

−동학농민혁명 때 삼례에서 봉기하고
북으로 진군하다 장렬히 전사한 영령들께 바친다−

오늘도 찰방(察訪)다리 강물은
말없이 증언처럼 흘러가는데
마천(馬川), 찰방터 분지엔 뿌연 먼지만 묻어 있구나
조선말 관리들의 탐학에 시달리다 못한 떼족들이
삼례벌 너른 벌판에 모여
분연히 일어선
십만여 불꽃들은 다 어디 갔을까
죽창을 들고
쓰러진 원혼(冤魂)의 더미를 넘으며
목이 터져라 울부짖었던 함성들이
이제는 다 묻혀서
새로운 혼불로 돌아났는가
워어렁, 워어렁

* 삼례찰방(參禮察訪)터 : 삼례는 고려 때부터 역참(驛站)이 설치되어 열두 역을 거느린 전라도를 대표하는 역사(驛舍)가 있었던 곳이다. 1892년 11월 1일 수천 명의 동학교도들이 이곳 삼례의 찰방역에 모여 교조의 신원(伸寃)과 종교의 자유를 외치며 처음으로 민중 대집회를 개최하게 된다. 이를 가리켜 동학혁명 삼례취회(參禮聚會)라 이른다. 그리고 이어 일본군이 노골적으로 조선 침략의 마수를 드러내고 청일 전쟁을 일으키며 내정을 간섭하자, 1894년 9월 12일 다시 동학농민군들이 다시 이곳 삼례 찰방다리 앞들에 모여 십만 농민군으로 전열을 가다듬고 일본군과 대항하기 위하여 북으로 진군한다. 이를 가리켜 동학농민혁명 삼례봉기(參禮蜂起)라 일컫는다.

스레트 남향 집

세상이 온통 하얗게 눈이 덮여 있는데
외딴집
스레트 지붕 위에는 눈이 녹는다

벽이 헐어져
서까래만 남은
토방 위에서

누더기를 걸친
노인이
유령처럼 느릿느릿 어구(漁具)를 챙긴다

한 땀 한 땀
세월을 깁는 노인

아내는 갯것을 팔러 장으로 나갔는데
소녀는 질질
코를 흘린다

그래도 늘
훈훈한 스레트 남향 집

아궁이에선
장작불이 활활 타오르고
아랫목에선
메주가 말랑말랑 굳어간다

선산 가는 날

뿌리를 찾으려
선산엘 가는 날은
쩌렁 풀기 어린 말씀들이 떠오른다

전라북도 완주군 구이면 청명동
고갯길을 마악 돌아서면
주르르 뼛속까지 스며드는
우리 선조들의 삼베 등거리

금강산 통천으로
천년 사직의 한을 달랜
우리 조상 마의태자
그 아드님 교(較)

"선비는 절대로 곧아야 하느니라"
"가족끼리는 다투지 말라" 하시던
우리 남계(南溪) 할아버지

비록 대는 끊이고, 출입도 끊이고
일가친척의 수마저 줄었지마는
그래도 조상의 넋처럼
그렇게 화목하게 살리라

뿌리를 찾으려
선산엘 가는 날은
에헴에헴 우리 증조할아버지의
얼 묻은 말씀들이
하나씩 하나씩 떠오른다

설원(雪原)

흐린 망울을 닦아라
관포(冠袍)를 깐 흰 날에
붕산(崩山)을 두른다

먼 산 가까운 산
아슴히 장옥이 터지듯
천연을 깨아문* 하늘

간 밤 구름을 쓸고
아가를 재운
새들도 울잖는 들녘에

바람은 비명을 타는
아아, 어디서 애리게
나목을 벗는가

사르륵 사르륵

우리는 겨울을 헹구며

인동(忍冬)의 먼

세월을 간다

* '깨문'의 방언형.

마의(麻衣)의 고혼(孤魂)

— 대전 뿌리공원 성씨별 조형물 건립에 부쳐

삼국유사 제2권 김부대왕 편에
다음과 같이 짤막하게 기술되어 전합니다
"신라 경순왕께서 천 년 사직을 고려에 손국(遜國)하자
 태자는 마의를 걸치고 개골산으로 들어가
 풀을 먹다가 세상을 마쳤다"고

어째서 왕자가 삼베 등거리를 걸치고
심산유곡에 들어가
잿더미로 남게 되었을까요

역사는 승자 편에 기술되는 것이라
태자의 이름도 행적도 모두 묻혀버렸지만
백성들의 입에선 그 사연이
천 년을 넘게 전해 이어옵니다

역사의 강물에 밀려 흘러간
원혼(冤魂)의 분통들
어느 모꼬지에서 애타게 타고 있을까요

오직, 천 년 사직을

사수하다 돌아가신 왕자님

힘에 눌려 억울하게 훼손된 오명을

어떻게 벗으실 수 있겠나이까

우리들 가슴에

퍼러런 혼불이 일어납니다

당신의 외곬로 굳어진

구국의 정신만은 꼭 본받게 해주십시오

당신을 열모하는 후손들이 모여

애타게 부복합니다

우리의 본, 우리의 솟대 마의태자님이시여

* 2008년 10월 11일, 대전 뿌리공원에 통천 김씨 조형물을 설치하였
  다. 작품명은 〈마의(麻衣)의 고혼(孤魂)〉. 앞면 족자는 후손들의 사
  적을 상징하고, 뒷면 불꽃은 마의태자의 구국정신을 표상하였다.

금양 김씨(金壤金氏)

고려 문신 문순공(文順公) 이규보(李奎報) 공의 어머니가

금양 김씨라는 사실을 뒤늦게 알았습니다

통천군(通川郡) 건치연혁(建置沿革)의 변화대로

금양 김씨는 통천 김씨의 고려시대 관향 명칭입니다

역사적 시련으로 이런 사실을 모르고

근 천 년이나 내려오다가

천년사를 집필하는 과정에서

어렵게 찾아냈습니다

백운소설(白雲小說), 국선생전(麴先生傳), 동명왕편(東明王編)을

지으신 이규보 공의 어머니

계관시인(桂冠詩人)으로까지 일컬어졌던

문하시랑(門下侍郎) 평장사(平章事)를 길러낸 금양 김씨,

명유(名儒) 금양 김씨 중권(仲權) 공이

문순공 이 선생의 외조부란 사실도 뒤늦게 알았습니다

어떤 이유로든 근 천 년이나 이런 사실을 모르고

살아온 세월이 아쉽습니다

마의태자 이후, 중시조 이전의

선계 계대를 정확히 고증할 수 없어

강원도 통천과 황해도 개성을 누볐을

선대 어르신의 도포 자락이 서늘하게 고여 옵니다

*『동국이상국집(東國李相國集)』, 연보(年譜)의 서(序)에 "어머니는 김
씨이고 금양군 사람이다. 그의 아버지 이름은 중권(仲權)인데 후
에 시정(施政)이라고 고쳤다. 지난날 이름난 선비로 과거에 우등
으로 급제하여 벼슬이 울진 현위에 이르렀다"고 기록된다.

눈물

도참설을 퍼뜨려 반역을 했다는 죄로
정여립(鄭汝立)을 추형하던 날
문무백관이 도열한 자리에서
풍루증(風淚症)으로 눈물을 흘렸는데
여립이 죽는 게 슬퍼서 운다고
죄를 씌워 처형을 당한 김빙(金憑)*
예나 지금이나 남을 모함하는 버릇이 있었는가
당신은 참말로 억울하게 돌아가셨습니다
그렇게 죽임을 당하고
후손들 덩달아 헌신짝처럼 버려졌으니
가문(家門)의 명예인들 온전했겠습니까
당신께서 그렇게 억울하게 묻히셨다는
산막동(山幕洞) 산소에는 바람만 씽씽 불어젖힙니다
당신께서 퍼어렇게 눈을 뜨고 가신 뒤
삼십사 년 만에 겨우 복작되고
신원(伸冤)은 풀렸다 하나
멍든 상처는 씻을 수가 없느니
누가 이렇게 순한 마음에 못을 박아놓았습니까

갈가리 찢긴 상처

대를 물려 흘린 상흔

어디서 보상을 받을 수 있겠습니까

아무리 옛날 일이라 하지만

가슴이 너무 아파 목이 멥니다

* 김빙(金憑, 1549~1590) : 명종 4년~선조 23년 조선시대의 문신, 통
  천 사람. 자 경중(敬中). 1580년(선조 13년) 별시문과(別試文科)에
  병과(丙科)로 급제하여 이조좌랑(吏曹佐郞)을 지냈다. 본래 정여립
  과 사이가 나빴으나 선조 23년 정여립이 모반하려다 자살하고, 이
  듬해 추형(追刑)할 때, 안질이 있는데 날씨가 추워 눈물을 담은 것
  이 화근이 되어 무고를 받고 사형을 당하였다.(『세계백과사전 3권』,
  동아출판사)
  민인백의 『토역일기』에 의하면, 정여립의 시체를 군기사 앞에 무
  릎 꿇려놓고 목을 베고는, 모든 관리들을 세워놓고 차례로 이를
  보게 했다. 또 전주 사람 전적 이정란과 형조좌랑 김빙으로 하여
  금 정여립이 맞는지 살펴보게 했다. 김빙은 시체를 어루만지고 눈
  물을 흘리며 말하기를 "네가 어쩌다가 이 모양이 됐느냐?"라고 했
  다. 결국 김빙은 정여립과 친하다는 이유로 형을 받고 죽었다.(신
  정일, 『조선을 뒤흔든 최대 역모사건』 참조)

안덕원(安德院) 항전

1592년 임진왜란 당시
완주군 소양면 웅치에서 전투가 벌어지고
전주 안덕원에서 피어린 항전을 했다
이때 동원된 병력은
주로 근처에 사는 사대부나
선비의 자제로 채웠다는 것이다
훈련을 제대로 받지 못한 바지떼들이
일당백으로 항전을 했으니
얼마나 많은 흰옷들이
죽임을 당했을까
1701년 간행된 통천 김씨(通川金氏) 족보에는
전주, 소양에 거주하던 군수공(郡守公) 11세
후손들이 거의 대를 잇지 못하고 있다
가문에 전해지는 말에 의하면
의병으로 출정한 가족들은 모두 전몰하고
소양 이림리 선산마저도 쑥대밭이 되었다니
대대로 얼마나 한이 맺혔을까
한 알의 밀알은

썩어야 싹이 트고

나라를 위하여 수많은 사람들이 희생이 되어야

나라는 지킬 수 있다 하지만

이름도 없이 모두 사라져간 빈 문중의

유허(遺墟)엔

허늘한 원망만 쌓이는구나

* 안덕원산은 전주시 우아동에 위치한 '전주 인후공원'으로 지정된
  전주역 부근의 산이다. 이 산 입구 인후도서관 옆에 통천 김씨 안
  덕원 세천 '노루명당' 비가 세워져 있다. 임진왜란 당시 전몰한 가
  족의 방 17세손 윤성(允聲) 공의 묘역이다.

남계정(南溪亭)

앞으로 모악산 자락이 육자배기처럼 늘어지고
뒤로 경각산이 병풍처럼 둘러친
구이 저수지 배수로 앞
남계정이 오랜 풍도를 지키고 있다

수령 300년 이상으로 추정되는 느티나무가
섬뜩 솟아 있고
남계정 유지(南溪亭遺址)라 음각된
남계 큰 바위가 오랜 풍상을 말해준다

남계정 앞뜰에 올라 보면
전라 풍광들이 다 아래로 보이고
정자에 올라서면
조헌(趙憲)을 비롯한 여러 명현의 현판들이
절조를 말하는 듯
크게 눈을 뜨고 있다
남계 시운(詩韻)을 보면
강산에 묻혀 벼슬길 버리니, 풍월이 돌아들었네

아득히 천추의 일 헤아리니, 줏대 있는 사람은 드물도다

라고 읊으니

당시 전라 관찰사 백록(白麓) 신응시(辛應時)가

청풍은 노중련(魯仲連)의 청풍이요,

명월은 이적선(李謫仙)의 명월이라

청산은 사조(謝脁)의 청산이요,

유수는 백아(伯牙)의 유수로다

라고 화답하였다

* 남계정(南溪亭) : 전라북도 지방문화재 제134호. 전라북도 완주군
  구이면 두현리에 위치한, 선조 13년(1580)에 남계 김진(金瑱)이 지
  은 정자이다.

초혼장(招魂葬)

통천 김씨 전직공파 7세손 벽동군수(碧潼郡守)

죽포(竹捕) 김응의(金應漪) 공께서

이괄(李适)의 난을 평정하기 위해 병사를 거느리고

전장에 나갔다가 순절하여

평안남도 강서봉명원(江西鳳鳴院)에

배향된 사실을 뒤늦게 확인했습니다

1701년 간행된 족보 초간본에는

벽동군수로 난을 평정하다가 순절하여

충청남도 서천군 비인면 장포리에

혼만 묻었다고 기록됩니다

나라를 위해 목숨을 바친 곳이 하도 멀기에

시신을 수습할 수 없어

혼만 묻었다고 기록되는데

당신의 공적을 기린 죽포집(竹浦集)과

충청남도 서천군지에는

자헌대부(資憲大夫) 병조판서(兵曹判書)에 추증되었다고

기록됩니다

　하지만, 족보 빈 란에는

아직도 당신의 상흔이 서려 있습니다

시신을 수습할 수 없어
혼만 묻었다는 그 영혼이
원혼(冤魂)으로 남아
구천을 맴도는 것 같습니다

* 조선 인조(仁祖) 2년(1624) 이괄이 난을 일으켰을 때 용천부사 이희
  건, 창성부사 김경운, 삭주부사 김흥기, 초산부사 김태흘, 벽동군
  수 김응의 등이 추격하였으나 순절한다. 이 사실은『계유보록(啓儒
  譜錄)』『강헌록(綱獻錄)』『이학금보(彝學衿譜)』등에 기록된다.

통천의 여인

여성의 사회활동이 금기되었던 조선시대 한 여성이

재산을 모아 백성들에게 부과된 세금을 대납하여

잡역을 면케 해준 사실을 뒤늦게 알았습니다

통천의 김씨는 고을에 할당된 세금을

단독으로 납부하여

백성들이 여러 번

관아에 진언하였다 합니다

조선 정조(正祖) 6년, 서기 1782년 6월 5일

당시 암행어사가 이 사실을 확인하고

"대장부로서도 하기 어려운 일을 여자가 해냈습니다

 이런 일은 가상히 여겨 널리 권장해야 합니다

 해당 관청으로 하여금 숙부인의 첩지를 내리게 해주소서"

라고 진언하니 왕이 "그렇게 하도록 하라"고

조선왕조실록(朝鮮王朝實錄) 승정원일기(承政院日記)

등에 기록됩니다

조선 역사를 통하여 볼 때

여자가 재산을 모아

자선사업을 한 예는 김만덕과 통천의 김씨뿐입니다

여성의 사회활동이 제약되었던 시대에

여성이 재산을 모아 사회에 환원했다는 사실은

참으로 드문 일입니다

우리는 이런 사실을 모르고 세월만 보냈습니다

제주도에서는 '김만덕기념사업회'를 결성하고

널리 추앙하고 있는데

통천의 김씨는 외롭게 묻히고 있습니다

대장부로서도 감히 할 수 없는 일을 해냈으니

마땅히 귀감으로 삼을 일입니다

* 『조선왕조실록』, 『승정원일기』, 한국여성연구소에서 발간한 『우리 여성의 역사』 등에 기록된다.

옥류정사(玉流精舍)

한국의 성리학자이며 독립운동가이신

금재(欽齋) 최병심(崔秉心) 선생이

현재 전주 한옥마을 한벽당 부근에

옥류정사(玉流精舍)를 짓고 후진을 양성하면서

독립밀맹단(獨立密盟團) 전주 책임을 맡고 활동하셨습니다

1918년 옥류정사를 중심으로 항일사상이 퍼지자

일제가 옥류정사 일대에

잠업시험장을 조성한다는 명분으로

토지수용령을 발동하여 옥류정사를 불태울 때

선생의 부인 통천 김씨가 완강히 만류하다

가슴뼈가 부러져 그 후유증으로 세상을 뜨셨습니다

금재 선생 묘지명 병서에

배위(配位)는 통천 김씨 익균(益均)의 따님으로

부덕을 갖추었다고 각자되어 있습니다

통천 김씨 족보에 익균 공은 진산공파 19세손으로

대물려 한학자로 기록되고

금재 선생의 처남, 간재(艮齋) 선생의 문인인 20세 소남

〔小南〕 공은

　후학들이 구이 두현리에 소남 선생 추모비를 세웠습니다

　하지만, 오늘 한옥마을에 가보면

　전시장처럼 한옥들은 즐비한데

　정작 우리의 정신적 지주인

　옥류정사는 간 데가 없습니다

* 금재(欽齋) 최병심(崔秉心)의 『금재문집(欽齋文集) 한전사실추록(韓
　田事實追錄)』에 기록된다.

아랫목

함박눈 흐륵흐륵 쏟아지던 날
눈 털고 아랫목에 당도했을 때
이불 속에 꼬옥 묻어둔
뜨끈뜨끈한 식구들의 밥사발

할머니 할아버지는
요양원 가시다
먼 나라로 떠나셨는지

아랫목 이불 속에
발 대고
퍽퍽 어푸러졌던
혈육은 간 데 없고

아무도 못 오게 비밀번호로
꽁꽁 묶어놓은
하늘 높은 빈 방엔
흐물흐물
개털만 날린다

순

인공 댐 상류

뱃길로 들어가야 하는 외딴섬에

늙은 두 망태가 앉아 햇살을 쬔다

새끼들 다 내보낸 텅 빈 가슴에

포르르 포르르

빈 물레를 돌린다

눈에 차오르는 새끼들

진물이 들어

단양한 햇살이 내린다

새끼 강아지가 마음껏 짓이겨놓은 텃밭 이랑에

새순이 삐쭉 고개를 드민다

한겨울 마름질해놓은 땅끝에서

물 차오르는 소리

온 세상은 들끈들끈

순이 튼다

억새밭

누가 이렇게
눈을 흘겨놓았는가

지난여름
그렇게 애타게 다독거려
놓았던

씨알은 어디 두고
이렇듯
처절히 잔해(殘骸)만 남겨놓았는가

썩는 것은
모두
아름답다 했는데

누가 이렇게
희뜩희뜩
썩지 않는 비정을 버려놓았는가

품

어머니 품에
안겼을 때
줄줄이 흘렀던 젖내

마음 한 뼘씩 커지는 날
머리 쓰다듬어주시는, 손 너머로 뵈던
커다란 별빛

성인 되어 여자 품에 안겼을 때
찌릿찌릿했던 원형의 성결도
이젠 한 가닥 정으로 남는가

그저 편안히 안기고 싶은
크낙한 깃털
영원히 눕고 싶은 자리

초롱한 하늘
소곤대는 숨
그 커다란 품에
와락 안기고 싶어진다

제4부   숫대

단풍

남빛 하늘에
선혈 푼 손
마디마디 화염에 싸인다

색색깔 붙는 검불
요정의 빛 되어
자갈자갈 끓는다

이렇게 타다 식으면
한 줌 흙으로 돌아갈걸
저렇듯 요란한 변색으로
결을 내어야 하는가

순환하는
저 천리의 쏘시갯불

연방
티를 날리며
숨을 가라앉힌다

몽돌

각양각색의 화석들 어지러이 깔렸다

긴긴 세월 엇갈린 소리 새기며
상념에 잠긴다

밀물 닥칠 때에는 끌 같고
썰물 떠날 때에는 상형 깎았다
낮에는 빛 따라 몽골케 하고
밤에는 별 따라 혼령 심었다

수억 년 꿈꾸며
다듬어낸
몽골 빛

원되어
빤질하게
하늘 씻는다

빈 들 1

진흙이 부풀어 오른다

신입생들의 신발 자욱이 새롭게 드러난다

연방, 개울물 물살은 빨라진다

화려한 타전(打電)의

후투티가 새 소식을 전하러 온다

햇살은 양으로 쏟아지고

바람난 성들은 또,

채비를 한다

파릇한 보리의 힘

온통 세상이 기지개를 켠다

빈 들 4

전라도 햇강아지같이 혀를 내미는 들
김제, 만경, 진봉, 광활
해가 운장산 꼭대기에 두둥실 떠올랐다
심포항 바닷속으로 쏘옥 빠지는 들
얼음판 고랑 밑에도 물은 흐르고
지독한 추위 속에서도 들풀은 살아 있나니
IMF의 한파가 아무리 무섭다 하여도
고개를 들고 다시 일어서는 것은
이름 없는 들풀이니라
징게, 맹개, 외얏밋들
말목장터, 전봉준, 김개남의 시퍼런 꿈이
묻어 있나라
일본 잿놈들의 모진 채찍에 찢겨진 갯벌
피멍 진 소작들의
짓눌린 거품도 묻어 있나라
언제 가진 사람들이
앞장서서 이 땅을 파본 일이 있더냐
일어서거라

밟히고 밟혀서 뿌리가 내리듯

힘차게 일어서거라, 들풀들이여

빈 들 5

만경강 강둑을 따라 한없이 내려간
고압선 전선주 위에
까치 한 쌍이 둥지를 튼다

수놈이 가지를 물어와
터에 놓으면
암놈이 진흙을 물어 벽을 쌓는다

짹짹짹 짹짹짹
무슨 뜻인지 알 수는 없지만
따뜻한 짓임에 틀림이 없다

하도 야박한 세상, 보금자리를 틀 곳이 없어
고압선 전선 위에 둥지는 틀지만
나란히 앉아 짹짹짹 잡새는 쫓는다

흙 1

흙은 흩어진 천민

질근질근 밟히는 맛에 사는가

밟히면 단단해지고

흩어지면 보송보송 살아나는 맛

흙은 언제고 언제고

보듬어 틔는 것뿐

눈보라 휘몰아치는 겨울에

꼭 안아 품었다

삐끔

내놓는 눈

흙 2

굳으면 단단해지고

빚으면 아름답게 꾸며지는 것

지천으로 깔려

고마움을 모르는 존립의 터

숨을 쉴 때 공기를 의식하지 않듯

늘 밟고 살면서

밟히는 아픔을 알지 못하는

우리의 비정

흙은 언제나 신비한 혜량으로 다가선다

묻으면

오묘하게 싹을 틔우고

밟히면

굳게 뿌리를 지킨다

뭉치면 큰 힘이 되고

뿌려지면 또

보송보송 씨를 묻는다

노을 1

이승의 그리움이
저승으로 타는 것일까
마감하는 몸짓이
너무 아름다워
눈을 돌릴 수 없다
무슨 사연이 그리 많아
저렇듯
혼을 지르고 있는 것일까
활활 풀어내리는 불꽃
원색이 부끄러워
낯을 붉히는
저 긍휼한 빛깔
원통히 타고 있다

노을 2

열꽃 핀 하늘, 댓잎 우거진 도랑 위
벙어리 3년 귀머거리 3년
따복따복 걸린다

공출로 닥닥 긁어간 헛간에
앙상하게 말라붙은
묻지 마라 갑자(甲子)생들
정의를 외치다
헌신짝처럼 뒤집힌 생피들
꽃보다 붉게 타고 있다

평생 온몸 맨웃음으로
씨 뿌리다 간 바보
길을 닦다 수신하다 앉아 간
열반의 잿더미

먼 하늘가

낟알 다 털린 쭉정이

구름 되어

히히 손잡고 간다

노을 3

끊임없이 내리던 비
징그럽게
쏘아붓던 햇살

다 자고
어느 사이 비단 같은 금결
수를 놓는구나

감히 시늉할 수 없는
저 찬연한 빛물살
몸살 나게 이글거린다

마지막 남기고 싶은
이승의 너울
현란하게 헹구어놓은
해맑은 누리

성스러운 형상의
불씨 되어
점점 사그라진다

노을 4

날 사그라지는 숨덩이
선 끝에 걸친다
픽도 자갈대는 원단의 물감
꽃무늬 환영 되어
숨 거둔다

아, 도달할 길 없는 만장의 치장
잠언 되어 다 태우면
흐득흐득
어둠 내리고
여명(黎明) 다시 술렁이겠지

갯벌

생존의 질서를 따라
생을 이어온 곳
지렁이도 망둥어도 습성대로 몸을 숨기고
황조롱이 딱새도
엉금히 기어 먹이를 찾는 곳
수초도 요량대로 뿌리를 박고
가슴에 둥지를 틀게 하며
천적을 막을 수 있도록 공생하는 곳
밀물이 들면 새 바람이 일고
썰물이 나면 질펀히 바닥을 드러내며
활력을 일으키는 천연의 땅
이 땅이 죽어간다
사람이 사람들만 윤택하게 하기 위해
길게 제방을 쌓아
공생의 터전이 말라가고 있다
누구를 위해 천연의 질서를 막는 것인가
대대로 이어온 공유수면의 터

힘이 센 놈이나, 꾀가 없는 놈이나
모든 생명들이 이 터전 위에서
자연의 순리대로 잘 살 수 있도록
더 이상 간섭하지 말아야 할 일이다

고향

정겹던 초가집이 사라지고
파랑, 빨강 슬레이트 지붕으로
바뀌었지만
정은 들지 않는다

빈 우렁 껍질같이
처절하게 남은 폐가의 잔해들

옛 성황당 빈터엔
쓰레기 더미가 욱신거리고
고라실에는 쓰다 버린 폐비닐이
상흔처럼 나팔거린다

마을 어귀엔 청개구리가 보이지 않고
질근질근
흙 같은 얼굴만 남아 있다

햇볕 바른 고샅에는

내다 버린 농기구가 방치되어 있을 뿐

바른 기침 소리나

정겨운 사투리는 들리지 않는다

느티나무

오랜 세월 수문장처럼 버텨온 나무

땅속 깊게 뿌리를 내리고 모진 세월을 다 견뎌온 어른

세상이 어지러울 때면

가지 끝에 누우런 수액을 떨어뜨리고

신음 같은 소리를 고즈넉하게 머금던 마음

겨우내 쌓였던 눈이 녹고

검은색 줄기에 새봄이 들면

긴 잎 이파리에 연두색 새순이 돋고

여름이면 왕성히 학문을 넓혔던 선비

가을이면 노오란 황갈색 상처를 날리며

동면을 준비했던 나무

그런데 그런 나무가 차츰 기력을 잃어가고 있다

언제 보아도 의젓하고 품위 있던 당산나무가

무슨 연유인지 시들시들 죽어가고 있다

정겹게 형제처럼 늘어졌던 가지도 꺾이고

허리도 작신 휘어버렸다

그러던 어느 해 봄

시들시들 앓던 느티나무가

새싹을 틔우지 못한 채 죽어갔다

오랜 동안 수호신처럼 온갖 어려움을 견뎌왔던

큰 나무가 왜 죽었는지

그 사인(死因)은 아무도 모른다

그저, 시멘트로 바닥을 깔아

놀이터를 만든 것이 원인이었다는 말이 있고

고층 빌딩의 숲에 가려 죽었다는 말이 있을 뿐

아무도 그 원인을 밝혀내지는 못하였다

무관심한 군중들의 외면처럼……

산여울

어디서 발원하여 흘러내리는지
물이 쏟아진다
시간이 멈춘 심산유곡에서
태고의 음향처럼 정직하게 쏟아진다
사방으로 흩어지는 물안개
장엄히 누리를 하얗게 물들인다
타협을 모르는 분노로 바르게 직선을 그어 내리면
한없이 부서지는 미세한 함성의 분말들
하얗게 뭉치고 부딪치며
뒤엉키는 조화
산은 그저 말없이 그 소리들을 다 가라앉히고 있다
무섭게 으르렁대던 천둥의 소리도
살강살강 부딪치던 솔바람 소리도
물여울 타고 뜨는 쌍무지개의 현란한 시선도
다 아우르는 산
산은 언제나 시간의 뒤에 서서
하늘을 향하고 있다

산은 언제나 넓은 뜻으로

우리들 마음 깊은 곳에 살아

숨 쉬고 있다

억새

고개를 숙이는 은발의 여인
몸은 바스러졌지만
머리는 자르르 윤이 난다

야들야들 흩이는 꽃말
허황한 창공을 향해
버겁게 눈짓을 한다

줄기차게 입성하는 편대의 넋
무더기 무더기
하얀 깃대를 꽂으며

엎어졌다
다시 일어서는
매서운 복병의 근원들

대를 물리며
거듭나기 위해
부단히 핏기를 날린다

연기

힘차게 들어 올리는 분노
툭툭
내연(內緣)이 터진다
못다 한 생환(生患)의 진통들
욕망의 상흔
고단한 터전 위에 묻어 있던
진한 독물들이
다 탄다
서나서나 부서지는 영혼
이 세상의 오만 잡것들이 다 타면
결국 거름이 되고
거름은 또 생환의 원력(原力)이 되나니
어머니 임종처럼 그렇게 다 타거라
모락모락
짠내 나는 우리의 연기

눈

왜 돌아가는가

물살을 가르는 해후의 길
혼인색 띠고
뛰어오르다, 바닥을 기어오르다
박살 난
장장 삼만 리

연어의 눈살은
오직 하나의 뜻으로
빛살 가눈다

통통한 육신 태워 씨를 뿌리겠다는
일념 하나로

눈살을 탄다

쪽방촌 사람들

하늘과 땅과 잘 어울려 사는
산 번지 사람들
휘영청 달이 뜨면
그 뜻을 가장 가까이 느낄 수 있는 곳

거미줄 같은 골목들이
서로 엉켜
쪽문을 열면 알몸을
퀴퀴히 드러내는 비릿한 사람들

그래도 밤만 되면
왁자지껄 사람 사는 냄새가 난다
그곳엔 알사탕 녹여내는
입맛이 있고

어렵게 심어놓은 해바라기 꽃
백열등 불꽃들이
마냥 즐겁게
밤을 밝힌다

솟대

냉천에 솟는 혼령의 기상
아비새 어디 가고
날갯짓만 남았는가

북 치고 구원했던
민초들의 절규
어디 버려두고
도깨비 몽당비를 세워놓았는가

남근석 맥없이 잘리고
성황당
중장비로 뭉갰다

아무리 깍지 껴 흔들어도
눕히지 않던
우리들의 습력
어디로 갔는가

무중력의 자유, 중천에 떠 있건만

살아 있는 전설은

끗떡끗떡

하늘만 바라보고 섰는가

치미(鴟尾)*

용마루 양 끝 맞댄 봉황 머리

아직도 눈을 뜨고 있다

밑으로 휘영청 내려앉은 내림마루

암키와 수키와 수없이 이어진

연화문 막새가 눈짓을 한다

장인의 얼 끝에서 다시 살아나는 손맛

엉켜 하나로

뜻을 모으고 있다

날 선 장수, 뒤통수 같은

날갯짓 아래서

진격의 칼날을 휘두르고 있다

아무리 세월 가도

다소곳한 하늘빛

천둥과 낙뢰와 지변을 다 겪어낸

길상의 끝날

한 점 부끄럼 없이

하늘을 우러르고 있다

영속의 이끼 넘으며

표표히 서 있다

* 치미(鴟尾)는 백제시대 용마루 양쪽 끝에 사용된 마루 장식용 큰
기와이다. 측면에는 돌대(突帶)가 있고, 안쪽에는 변형된 꽃무늬,
바깥쪽에는 날개깃이 층단을 이룬다. 앞면은 굴곡된 능골(稜骨)
이 반전되어 전체적으로 솟아오르는 듯한 특이한 모습을 하고 있
다.

비상

해가 지고 있다

이 세상을 아름답게 물들이며

새날을 밝게 하기 위하여 해가 지고 있다

끝없이 펼쳐지는 하늘

군데군데 갈대 덮인 망망한 갯벌 위를

철새가 떼지어 날아오른다

세상을 들썩거리게 하는 군집의 비상

하늘을 가르며

먹이를 찾아 한마음으로 비상하는 가창오리의 본심(本心)

떼지어 산을 이루다가

합심하여 글자를 만들다가

다시 엎질러버리는 장엄한 군무(群舞)

누가 이런 질서를 본받게 했는가

이런 정신을 누가 이어지게 했는가

사람들의 온갖 욕심으로

더러워진 이 땅을 벗어나기 위하여

이 차가운 겨울에도

나그네 새는

그저

힘차게 비상을 한다

덩어리 웃음

솜털구름 씻긴 뒤
하얗게 돋아나는 덩어리 웃음
천장을 보다가
익은 얼굴을 보다가
희죽희죽 품어대는 여린 숨결

언제 보아도 닳지 않을
백옥 같은 허허한 웃음
세상 어디에
이런 꽃 있을까

파아란 잎자루 끝
아련히 숨 뜨는
수련(睡蓮) 한 송이
퍼득퍼득
천심(天心)을 밝힌다

풍탁소리 들으러 왔다가

풍탁소리 들으러 왔다가
법문 앞에 흩어진 낙엽을 본다

임간(林間)을 따라
단절된 소리 밟으며
숨을 고른다

사방에 깔린
순종의 겉옷들
말라 비틀려 있지만

그대로 썩어
부토가 되려는
순명(順命)이 하도 숙연해

풍탁소리 들으러 왔다가
들킨 듯 서둘러 돌아간다

작품 해설

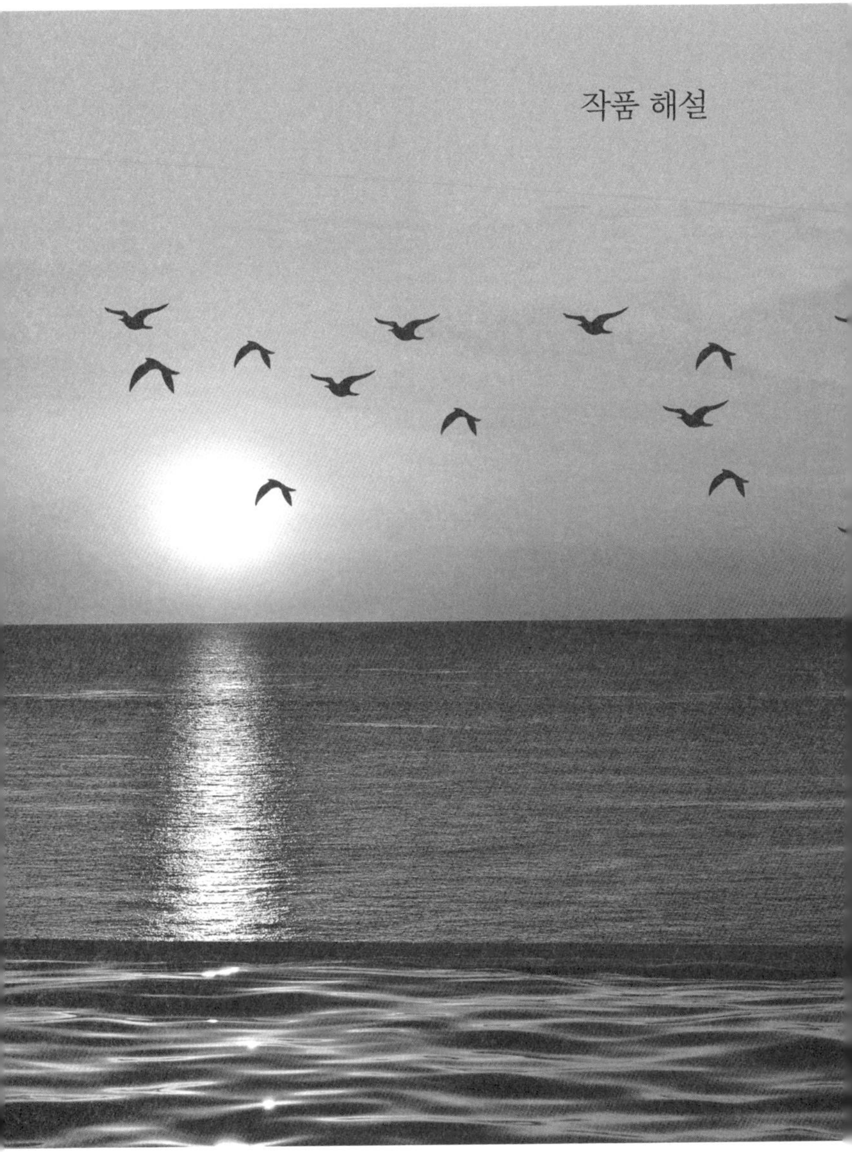

역사적 상상력과 공동체의식

김현정

1

김응혁 시인(1936~)은 전북 완주 출신으로 시집 2권과 산문집 1권, 시문선 1권 등을 펴낸 지역 원로문인이다. 1960년대 대학 시절부터 습작 활동을 해온 그는 산문집『저 아침의 소리는』(1996)을 발간한 뒤 2003년에 늦깎이로『문예활동』을 통해 시인으로 등단하였고,[1] 이후 시집『빈들』(2005),『덩어리 웃음』(2011)과 시문선『풍탁소리 들으러 왔다가』(2015)를 발간하였다. 요즘 시인들이 평균 4~5년에 시집 한 권씩을 발간하

---

[1] 그는「당선소감」에서 "시를 쓰기 시작한 것은 1960년대 학창시절부터 기억된다. 전북대학교 국문학과 학생들이 중심이 되고, 신석정(辛夕汀) 선생님께서 명명하신 신영토(新領土) 동인회에 가담하여 시를 쓰기 시작하였다. 그리고 1970년대부터 최승범(崔勝範) 선생님께서 주관하시는『전북문학』에 작품을 발표하기도 하였다."(『문예운동』77호, 2003년 봄호, 310쪽)라고 언급한 바 있다. 정식 등단은 늦었지만, 그가 일찍부터 습작 활동을 해왔음을 어렵지 않게 알 수 있다.

는 것에 훨씬 못 미치는 과작이라 할 수 있다. 이는 평소 시한 편 한 편에 정성을 많이 들인 점과 자신의 작품에 대한 겸손함과 엄정함 등이 작용한 결과라 할 수 있다. 그리고 오랜기간 교직에 몸담으며 교육에 심혈을 기울인 점과 가족사(족보)를 올바르게 복원하기 위한 작업을 40여 년에 걸쳐 한 점등도 일정 정도 영향을 주었을 것으로 보인다.

그의 시에는 삶과 문학의 '시원(始原)'에 관한 내용이 자주등장한다. 자신의 정체성(identity)을 찾기 위한 우직한 발걸음을 통해 시인은 생의 근원을 파악하게 되고, 역사와 현실의이면을 엿보게 되며, 나아가 시의 길까지 보고 있는 것이다.자신의 정체성을 탐색하는 일이 역사와 현실, 문학의 길과 맥이 닿아 있음을 인지하고 있는 것이다. 다른 시인들과 차별되는 점은 그의 행보가 승자의 시선보다는 '역사적 비극'을 경험한, 권력 없고 힘없는 패배자의 시선에 머물고 있다는 점이다. 그의 시조(始祖)이기도 한, 신라에서 고려로 국운이 넘어가는 상황 속에서도 개골산에 들어가 끝까지 신라의 자부심과 긍지를 지키려 한 '마의태자'에서부터 실마리를 풀어가고있는 것도 같은 맥락으로 이해할 수 있다. 그럼에도 그의 시가 우울하거나 비관적이지 않은 것은 그의 특유의 낙천적인성격 때문이라 할 수 있다. 따라서 그의 시세계는 역사적 비극과 현실적 고통 속에서도 굴하지 않는, 강인한 생명력과 자연의 섭리에 바탕을 둔 낙천성의 융화라 할 수 있다.

그의 시세계는 시기별로 경향을 달리하기보다는 거의 일관

되게 지속된다. 6년 간격으로 발간된 두 권의 시집에서도 커다란 변화는 보이지 않고 있다. 두 권의 시집을 중심으로 그의 시세계를 살펴보기로 한다.

2

첫 시집 『빈 들』의 「머리글」에서 시인은 "시가 잘 읽히지 않는 현실에서 시집을 상재(上梓)한다는 것이 옳은 일인가를 몇 번이나 망설여보면서 이 글을 엮는다. 국문학과를 졸업하고 평소 아이들에게 시를 가르쳐온 연유인지 뭔가 써보고 싶은 습성을 버리지 못하였다. 그래서 젊은 시절부터 간간이 써온 것들을 그대로 정리해두고 싶은 뜻으로 이렇게 꾸며보았을 따름이다."[2]라고 하여 시집을 발간한 소회를 밝히고 있다. 대학 시절부터 써온 습작시를 정리해두고 싶은 소박한 뜻에서 시작된 것임을 알 수 있다. 그리고 그는 「머리글」 말미에서 "겸허하게 뒤를 돌아보"고, "평소 앉을 자리를 가려 앉아라 말씀하셨던 선대 어르신들의 가르침을 상기하면서" 여생을 조용히 보낼 것임을 다짐한다.

눈을 맞으려, 마음을 맞으려
내장엘 간다

---

2 김응혁, 『빈 들』, 푸른사상사, 1996, 5쪽.

지난 세월, 과욕을 부렸던 마음
다 씻으려

신선봉
계곡을 간다

쏴아 쏴 흩는
산류(散流) 사이로

조금씩 고이는
산의 마음

이빨 시린 그 마음의
눈을 맞으려

내장산 혈관 속
산길을 간다

— 「내장산」 전문

　시인은 마음을 정화하기 위해 내장산을 찾는다. 그것도 단
풍으로 유명한 가을이 아닌 추운 겨울에 말이다. 경치를 즐
기러 간 것이 아니라 "지난 세월, 과욕을 부렸던 마음"을 비우
려 찾은 것이다. 신선봉 계곡물을 보며 산의 마음을, 온 산을
하얗게 덮는 눈의 마음을 조금씩 터득하게 된다. 세속을 살며
무소유의 욕망을 소유하기가 쉽지 않다는 것을 시인은 알고
있다. 그러나 그는 점점 나이가 들면서 소유하려는 욕망보다

무소유의 욕망의 힘이 더 소중하고 가치가 있다는 것을 느끼게 된다. 그리하여 시인은 지역의 명산인 내장산에 들어가 마음을 비우고 산의 마음, 눈의 마음을 터득하게 된다.

　마음을 비운 시인은 고향을 노래하기 시작한다. 이를 통해 순수하고 맑은 유년 시절의 시선으로 예전에 미처 보지 못한 고향의 아름다움을 발견하게 된다.

　　세상이 온통 하얗게 눈이 덮여 있는데
　　외딴집
　　스레트 지붕 위에는 눈이 녹는다

　　벽이 헐어져
　　서까래만 남은
　　토방 위에서

　　누더기를 걸친
　　노인이
　　유령처럼 느릿느릿 어구(漁具)를 챙긴다

　　한 땀 한 땀
　　세월을 깁는 노인

　　아내는 갯것을 팔러 장으로 나갔는데
　　소녀는 질질
　　코를 흘린다
　　그래도 늘

훈훈한 스레트 남향 집

아궁이에선
장작불이 활활 타오르고
아랫목에선
메주가 말랑말랑 굳어간다
　　　　　　　　　　　—「스레트 남향 집」 전문[3]

　고향의 훈훈한 모습이 담긴 시이다. 벽이 허물어진 서까래
만 남은 낡은 집에서 어구(漁具)를 챙기는 누더기를 걸친 노인
과 갯것을 팔러 나간 아내, 그리고 코를 흘리는 소녀의 모습
등이 쓸쓸해 보이기도 하지만, 그곳에는 훈훈한 기운이 감돈
다. 남향이라 햇빛이 잘 들고, 아궁이에서 장작불이 활활 타
오르는 것이 한몫하고 있는 것이다. 끝 행의 "메주가 말랑말
랑 굳어간다"라고 한 표현에서 훈훈함뿐만 아니라 편안함까
지 느낄 수 있다. 시인이 살던 고향의 모습도 이와 다르지 않
을 것이다. 비록 궁핍하여 힘들고 어려웠을지라도 그곳은 정
이 있고, 온기가 있는 훈훈한 곳이었을 것이다. 이렇듯 고향
의 훈훈한 모습을 그리던 시인은 어머니에 대한 그리움을 표
출한다. 뚜껑 깨진 항아리를 보며 가족을 위해 헌신했던 어
머니를 떠올리고 있는 「간장 항아리」를 비롯하여 "버겁게 지

3　그의 등단작 중 하나인 이 시는 첫 시집 『빈 들』과 제2시집 『덩어리 웃음』, 시
　문선 『풍탁소리 들으러 왔다가』에도 실려 있다. 여기에서는 오탈자를 수정한
　제2시집에 수록된 시를 가져왔다. 시인이 무척 아끼는 시임을 알 수 있다.

은 짐/다 내려놓으시고" 편안하게 "웃음꽃 곱게 다무시고" 편
안하게 임종하신 어머니의 모습을 그린 「몌별(袂別)」과 "집안
일 다 떠맡고 만날/발 동당거리며 구정물 헹구던" 모습과 "꽃
손자 둘러업고/아장아장 까치발 띄우던 함박 같은" 모습을 띤
어머니를 그리워하고 있는 「당신 꽃」 등이 모두 '어머니'를 대
상으로 노래하고 있다.

> 한겨울 아랫목
> 뜨끈뜨끈하게 달아오른
> 방바닥에
> 아랫다리를 담가놓고
> 도란도란 사랑을 들려주시던 어머니
> 하늘처럼, 수심처럼
> 그저 깊어만 가는 마음
> 아무리 세월이 가고, 시대가 바뀐다 해도
> 도저히 바꿀 수가 없는 말
> 어머니,
> 어머니는
> 이 세상에서 가장 큰 사랑입니다.
>
> ─「어머니」 전문

세상에서 가장 큰 사랑을 주신 어머니에 대한 그리움을 표
출하고 있다. 그는 유년 시절 따뜻한 아랫목에서 "도란도란 사
랑을 들려주시던 어머니"의 크나큰 사랑을 잊지 못한다.[4] 어머

---

4 시인은 산문집에서 "고향, 내가 살던 마음의 고향, 무더운 여름날, 삼복 늦더

니의 부재를 통해 그 사랑을 더욱 실감하게 된다. "아무리 세월이 가고, 시대가" 변해도 퇴색하거나 바뀌지 않는 어머니의 사랑을 말이다. "관절염으로 눈이 퉁퉁 부으신" 상황 속에서도 "후손들의 먹거리만을 챙기기 위해/핏물 쏟아부으셨던"(「간장항아리」) 어머니의 헌신적인 사랑을 말이다. 이처럼 시인은 마음을 비우고 고향과 어머니에게도 다가가고 있는 것이다.

3

지역에 대한 애정과 고향의 아름다운 추억을 보여주던 시인은 삶의 토대가 되는 지역에 고유성과 자아의 정체성을 찾기 위한 일을 도모하기 시작한다. 이 두 일은 지역과 자신에 대한 성찰과 반성을 전제로 가능하게 된다.

> 앞으로 모악산 자락이 육자배기처럼 늘어지고
> 뒤로 경각산이 병풍처럼 둘러친
> 구이 저수지 배수로 앞
> 남계정이 오랜 풍도를 지키고 있다

위에도 아랑곳하지 않고 원천(原泉) 같은 젖을 꼭 물려주시던 어머니. 여름밤 모기가 왱왱거리는 마당에 멍석을 깔고, 모깃불을 지피시며, 열두 시를 한하고 부채질을 해주시던 어머니. 은하(銀河)가 강물처럼 흐르는 밤에 나즉나즉히 들려주시던 어머니의 다정한 이야기를 들을 때면 마음이 얼마나 흐뭇했는지 모른다."(「저 아침의 소리는」, 신아출판사, 1996, 43~44쪽)라고 술회한 바 있다. 자상하고 따뜻한 모정을 엿볼 수 있는 대목이다.

수령 300년 이상으로 추정되는 느티나무가
섬뜩 솟아 있고
남계정 유지(南溪亭遺址)라 음각된
남계 큰 바위가 오랜 풍상을 말해준다

남계정 앞뜰에 올라 보면
전라 풍광들이 다 아래로 보이고
정자에 올라서면
조헌(趙憲)을 비롯한 여러 명현의 현판들이
절조를 말하는 듯
크게 눈을 뜨고 있다

— 「남계정(南溪亭)」 부분

  위 시는 조선 중기 학자 남계 김진이 후진 양성을 위해 지
은 정자에 대해 노래하고 있다. "남계정 앞뜰에 올라 보면/전
라 풍광들이 다 아래로 보이고", 시인의 본이기도 한 통천 김
씨들이 처음 자리를 잡았다는 두현리가 보인다. 그리고 정자
안에는 의병장 고경명과 조헌, 부제학 신응시 등의 현판이 잘
보존되어 있다. 모두 남계의 학문과 덕망을 찬양하는 내용들
이다. 훗날 고경명과 조헌은 금산에서 왜적과 싸우다 수적 열
세를 이기지 못하고 안타깝게도 장렬히 전사하게 된다. 시인
의 선조들의 출발점이 된 지역이자 남계가 후진 양성을 위해
마련한 남계정을 기점으로 정체성을 찾아가고 있는 것이다.
남계정에 남다른 의미를 부여한 시인은 동학농민혁명의 봉기
현장인 고향의 역사적 현장을 찾는다.

－동학농민혁명 때 삼례에서 봉기하고
　　북으로 진군하다 장렬히 전사한 영령들께 바친다－

　　오늘도 찰방(察訪)다리 강물은
　　말없이 증언처럼 흘러가는데
　　마천(馬川), 찰방터 분지엔 뿌연 먼지만 묻어 있구나
　　조선말 관리들의 탐학에 시달리다 못한 떼족들이
　　삼례벌 너른 벌판에 모여
　　분연히 일어선
　　십만여 불꽃들은 다 어디 갔을까
　　죽창을 들고
　　쓰러진 원혼(冤魂)의 더미를 넘으며
　　목이 터져라 울부짖었던 함성들이
　　이제는 다 묻혀서
　　새로운 혼불로 돌아났는가
　　워어렁, 워어렁

　　　　　　　　　　　　　　　　　— 「찰방터」 전문

　　동학농민혁명 때 삼례에서 봉기를 일으키고 일본군과 맞
서 싸우다 장렬히 전사한 영령들께 바치는 헌시라 할 수 있
다. 1894년 9월 동학농민혁명의 총지휘자인 전봉준 창의(倡人)
이 수많은 동학농민군을 이끌고 삼례에 와 다시 봉기를 하고
일본군을 향하여 선전포고를 하게 된다. 이것이 동학농민혁
명 제2차 삼례봉기로 당시 궐기한 농민군 병력이 10만이 넘
은 것으로 보아 분노의 함성이 상상하기 힘들 정도로 컸음을

짐작할 수 있다.[5] 그러나 동학농민군은 관군과 일본군에 의해 진압되고 만다. 그는 동학농민혁명의 2차 봉기 때 산화한 동학농민군들의 원혼을 달랜다. 그리고 당시 동학농민군들이 "울부짖었던 함성"들이 "새로운 혼불"로 다시 살아나기를 희망하기도 한다. 시인은 역사적 비극 현장이면서 새로운 세상을 꿈꾼 지역이기도 한 삼례 찰방터에 많은 자부심을 느끼고 있음을 알 수 있다. 그리고 '지금 여기'를 살아가는 많은 사람들에게 다른 동학농민혁명 전적지 못지않게 의미 있고 가치 있는 소중한 곳으로 인식되기를 기대하기도 한다.

이렇듯 시인은 지역의 역사적 비극의 현장을 찾아 그것을 올바르게 복원시키고자 심혈을 기울인다. 패배 또는 몰락으로 인해 매몰되었거나 숨겨진 것들을 찾아 제자리에 위치시키고자 하는 것이다. 그의 이러한 작업은 우리 민족의 정체성을 찾아가는 과정이자 자아의 정체성을 발견하기 위한 행보라 할 수 있다. 같은 맥락에서 시인은 역사적 비극 속에 묻혀진, 선조들의 흔적들을 찾아 자리매김하고자 힘쓴다.

> 뿌리를 찾으려
> 선산엘 가는 날은
> 쩌렁 풀기 어린 말씀들이 떠오른다
>
> 전라북도 완주군 구이면 청명동

---

5 김용혁 시문선, 『풍탁소리 들으러 왔다가』, 신아출판사, 2015, 82~83쪽 참조.

고갯길을 마악 돌아서면
주르르 뼛속까지 스며드는
우리 선조들의 삼베 등거리

금강산 통천으로
천년 사직의 한을 달랜
우리 조상 마의태자
그 아드님 교(較)

"선비는 절대로 곧아야 하느니라"
"가족끼리는 다투지 말라" 하시던
우리 남계(南溪) 할아버지

비록 대는 끊이고, 출입도 끊이고
일가친척의 수마저 줄었지마는
그래도 조상의 넋처럼
그렇게 화목하게 살리라

뿌리를 찾으려
선산엘 가는 날은
에헴에헴 우리 증조할아버지의
얼 묻은 말씀들이
하나씩 하나씩 떠오른다

— 「선산 가는 날」 전문

선산 가는 길의 풍경을 잘 보여주고 있는 시이다. 그의 고
향 가까이에 있는 선산을 가며 "천년 사직의 한을 달랜" 마의

태자도 떠올리고, "선비는 절대로 곧아야 하느니라", "가족끼리는 절대로 다투지 말라"라고 한 남계의 말도 떠올린다. 증조할아버지의 "얼 묻은 말씀들"도 상기한다. 선조의 뿌리 찾기 작업을 지속적으로 해오던 그는 이를 시로 형상화하기도 한다. 마의태자에 관한 시로는 「마의태자(麻衣太子)」(시집 『빈들』에 수록)와 「마의(麻衣)의 고혼(孤魂) - 대전 뿌리공원 성씨별 조형물 건립에 부쳐」 등을 들 수 있다. 시 「마의태자(麻衣太子)」에서 "외곬로 굳은 구국의 얼을 반드시 찾게 해주십시오./당신을 열모하는 사람들이 모여/간곡히 부복을 합니다./우리의 본, 우리의 솟대. 마의태자님이시여"라고 하여 마의태자가 꿈꾼 구국의 얼을 찾게 해달라는 소망을 담아내고 있다. 그리고 고려 문신 이규보를 훌륭하게 길러낸 어머니가 같은 본이라는 사실을 표출한 시 「금양 김씨(金壤金氏)」를 비롯하여 「초혼장(招魂葬)」 「눈물」 「안덕원(安德院) 항전」 「통천의 여인」 「옥류정사(玉流精舍)」 등이 시인의 선조와 관련이 있는 작품들이다. 이 시들이 의미 있게 다가오는 것은 개인의 가족사를 넘어 역사적 비극 속에 투영된 민족의 애환을 담아내고 있기 때문이다. 그리하여 그는 '지금 여기'에서 벌어지고 있는 현실적 비극 양상을 보여주기도 한다. 역사적 비극 속에 개인의 욕망이 무참하게 좌절된 누나의 삶을 슬프게 목도한 「박꽃 같던 누나」와 옛 모습을 잃어버린, 아무렇게나 방치된 듯한 고향의 모습을 안타까워하고 있는 「고향」과 상처를 입고 떠난 떠돌이 개를 슬프게 그리고 있는 「떠돌이 개」 등에서 엿볼 수 있다. 또

한 노숙자의 애환(「노숙자」)이나 묵묵히 달구지를 끌고 가는 소처럼 팍팍한 세상을 헤쳐나가는 힘겨운 가장들의 모습을 다룬 시 (「소」)에서 이 시대의 슬픈 자화상을 목도할 수 있다.

4

상상계의 공간과 역사적 현장을 두루 살피던 시인은 모든 것들을 있는 그대로 지켜주는 '자연'으로 회귀한다. 이는 개발과 파괴의 논리보다 보존과 수호의 가치가 더 중하다는 것을 깨달을 때 가능한 것이다. 강, 개펄, 산여울, 노을, 흙, 들녘, 느티나무, 백목련, 단풍, 철새 등이 소중한 대상으로 다가온다.

> 전라도 산하를 질러 흐르는 강
> 계곡의 비경(秘境)을 훑고
> 싸목싸목 샛강 안아 한물 된
> 내림의 강
> 부딪치고, 엇갈릴 때
> 하얗게 울분을 터뜨리지만
> 모이면 하나 되어 끊이지 않을 만장의 물길
> 전라도 들녘의 젖줄로
> 새만금 역사의 원천으로
> 유장히 흐를 만경강
> 그대 가슴 되어
> 뜨겁게 가리

그대 맑은 모천(母川) 되어
면면히 흐르리

　　　　　　　　　　— 「만경강(萬頃江)」 전문

　시인이 유년 시절부터 오랜 기간 보아온, 지역의 대표적인
강인 '만경강'에 대해 노래하고 있다. "전라도 산하를 질러 흐
르는" 이 강은 모든 샛강들을 감싸안으며 부딪치고 엇갈리며
흘러간다. 생명이 자라는 들녘의 젖줄로, "맑은 모천(母川)"으
로 자리 잡고 있는 것이다. 그는 강이 바다로 흘러 형성된 또
다른 생명의 터전인 갯벌에 대해 표출한다. "생존의 질서를
따라/생을 이어온 곳/지렁이도 망둥어도 습성대로 몸을 숨기
고/황조롱이 딱새도/엉금히 기어 먹이를 찾는 곳/수초도 요
량대로 뿌리를 박고/가슴에 둥지를 틀게 하며/천적을 막을
수 있도록 공생하는 곳"(「갯벌」)이라고 말이다. 갯벌은 모든
생물들이 서로 공생할 수 있는 곳이다. 지렁이, 망둥어, 황조
롱이, 딱새 등뿐만 아니라 수초도 서식할 수 있는 천혜의 공
간이다. 이처럼 시인은 거대 자본에 의해 인간이 중심이 되
는, 어느 한 대상이 살기 위해 수많은 대상을 희생시키는 것
을 지양하고 공생을 지향하고 있다. 권력 있고 힘 있는 대상
에 의해 많은 것들이 희생되거나 소멸되는, 역사적 비극을 잘
알고 있기 때문이다.
　그의 이러한 시선은 "오랜 세월 수문장처럼 버텨온 나무/땅
속 깊게 뿌리를 내리고 모진 세월을 다 견뎌온 어른/세상이

어지러울 때면/가지 끝에 누우런 수액을 떨어뜨리고/신음 같은 소리를 고즈넉하게 머금던 마음"(「느티나무」)을 통해 마을의 수호신과 같은 역할을 한 느티나무의 소중함을 노래한 시에서도, "흙은 흩어진 천민/질근질근 밟히는 맛에 사는가/밟히면 단단해지고/흩어지면 보송보송 살아나는 맛"(「흙 1」)이라고 하며 흙에 대한 예찬을 보이고 있는 시에서도 발견할 수 있다. "지천으로 깔려/고마움을 모르는"(「흙 2」) 대상들에 원래의 의미를 부여하고 드러내고 있는 것이다.

공생, 상생을 추구하는 시인이 꿈꾸는 것은 이런 세상이지 않을까.

하늘과 땅과 잘 어울려 사는
산 번지 사람들
휘영청 달이 뜨면
그 뜻을 가장 가까이 느낄 수 있는 곳

거미줄 같은 골목들이
서로 엉켜
쪽문을 열면 알몸을
퀴퀴히 드러내는 비릿한 사람들

그래도 밤만 되면
왁자지껄 사람 사는 냄새가 난다
그곳엔 알사탕 녹여내는
입맛이 있고

어렵게 심어놓은 해바라기 꽃
백열등 불꽃들이
마냥 즐겁게
밤을 밝힌다

　　　　　　　　　　　—「쪽방촌 사람들」 전문

　쪽방촌의 부정적인 모습보다는 긍정적인 모습이 돋보이는
시이다. 그곳은 "하늘과 땅과 잘 어울려 사는" 사람들이 있고,
"밤만 되면/와자지껄 사람 사는 냄새"가 있으며, "알사탕 녹여
내는/입맛"이 있는 곳이다. "어렵게 심어놓은 해바라기 꽃"이
밤을 밝히는 곳이다. '쪽방촌 사람들'에 대한 따뜻한 시선을
읽을 수 있다. 이러한 그의 긍정적인 시선은 시「덩어리 웃음」
에서도 보인다. 연못에 핀 수련을 '덩어리 웃음'으로 보고 있
는 것이다. "하얗게 돋아나는 덩어리 웃음"이고, "희죽희죽 품
어대는 여린 숨결"을 지녔으며, "언제 보아도 닳지 않을/백옥
같은 허허한 웃음"으로 표현하고 있다. 인위적인 것에서는 느
낄 수 없는, 자연의 은은한 아름다움을 느끼게 한다.
　자연의 아름다운 모습은 철새의 군무(群舞)에서 절정을 이
룬다.

　　해가 지고 있다
　　이 세상을 아름답게 물들이며
　　새날을 밝게 하기 위하여 해가 지고 있다
　　끝없이 펼쳐지는 하늘

군데군데 갈대 덮인 망망한 갯벌 위를

철새가 떼지어 날아오른다

세상을 들썩거리게 하는 군집의 비상

하늘을 가르며

먹이를 찾아 한마음으로 비상하는 가창오리의 본심(本心)

떼지어 산을 이루다가

합심하여 글자를 만들다가

다시 엎질러버리는 장엄한 군무(群舞)

누가 이런 질서를 본받게 했는가

이런 정신을 누가 이어지게 했는가

사람들의 온갖 욕심으로

더러워진 이 땅을 벗어나기 위하여

이 차가운 겨울에도

나그네 새는

그저

힘차게 비상을 한다

―「비상」 전문

철새의 본능은 비상이다. 그리하여 한 곳에 오래 머무르지 않는다. '나그네 새'인 철새는 마치 오랜 기간 연습이라도 한 것처럼 질서정연하게 군무를 보여준다. 아무도 흉내 낼 수 없는, 장관의 모습이다. 시인은 해가 질 무렵 망망한 갯벌 위를 떼지어 날아오르는 철새들이 비상하는 모습, 군무를 통해 '비상'을 꿈꾼다. "이 세상을 아름답게 물들이며/새날을 밝게 하기 위하여 해가 지고 있다"라고 한 데서 여명을 내장한, 희망적인 일몰의 모습을 볼 수 있다. 이것이 그가 끊임없이 비상할 수 있었던, 시의 길이자 시인의 길이었던 것이다.

김현정 세명대 교수. 1999년 『작가마당』으로 비평 활동 시작. 저서 『한국현대문학의 고향담론과 탈식민성』 『대전 충남 문학의 향기를 찾아서』 등이 있음.